U0728003

Jonathan Livingston Seagull

海鸥乔纳森

〔美〕理查德·巴赫 著 夏杪 译

何贵清 图

北京出版集团公司
北京十月文艺出版社

新经典文化股份有限公司
www.readinglife.com
出　品

献给真正的海鸥乔纳森

他就活在我们心中

第一章

清晨，宁静的海面，粼粼微波中，闪耀着初升太阳的金色光芒。

离海岸一英里的地方，一艘渔船在下饵捕鱼。海鸥们有早饭了，这个消息旋即在长空中传开。刹那间，成千上万只海鸥飞来，东躲西闪争抢一点早饭。又一个忙碌的日子开始了。

只有海鸥乔纳森·利文斯顿远离鸥群、海岸和渔船，在远处独自练习飞翔。

飞到一百英尺的高空时，他垂低蹼足，仰起尖喙，努力把双翅弯成一条曲线。他开始放慢速度，直到风在耳边低语，直到海洋在身下恢复了平静。他眯起双眼，集中精力，屏住呼吸，努力使身体再弯一些……再……弯……一……英寸……突然间，羽毛蓬散开来，他失速了，向下坠去。

你知道，海鸥从不畏缩，从不失速。生为海鸥，在半空中失速简直丢脸，简直可耻。

但是，海鸥乔纳森·利文斯顿并不感到羞愧。他重新伸展双翅，再颤抖着弯成曲线——放慢速度，再放慢，又失速坠落……

他是那样非同一般。

大多数海鸥不愿自找麻烦去学更多的飞翔技巧，只满足于简单地飞到岸边觅取食物，然后再飞走。他们并不在乎飞翔，在乎的只是吃。然而，对于这只海鸥来说，飞翔远比吃更重要。

海鸥乔纳森·利文斯顿热爱飞翔，胜过一切。

他发现，这种想法使他不受欢迎。甚至连父母也不理解他为什么整日独处，成百上千次地苦苦练习低空滑翔。

有些事他也不明白，比如，要是在离水面不到半个翅膀高度的地方飞行，他就能在空中停留得更久一点，也不太费力。他滑翔结束时，不是像普通海鸥一样双脚朝下踩入海中，溅得水花四起，而是双脚紧贴身体，以流线型触及海面，只留下一道又平又长的水痕。当他收着双脚滑到海滩上，然后用步子测量自己在沙中滑行的距离时，目睹这一切的父母真是忧虑万分。

“为什么？乔，为什么？”母亲问道，“难道像大家一样就那么难吗？为什么你不能放下低飞的事儿让鹈鹕和信天翁去干呢？为什么不吃点东西？儿子，你已经瘦得皮包骨头了！”

"妈妈，我不管什么皮或骨头。我只想知道我在天上能干什么，干不成什么，只想知道这些。"

"你看，乔纳森，"父亲不无慈爱地说，"冬天快来了，船也少了，水面的鱼要向更深处游去了。要是你非学不可，就学学怎么抢食吧。飞行当然是好事，可是，滑翔不能当饭吃呀。别忘了，会飞不过是为了吃。"

乔纳森顺从地点点头。接下来的几天，他努力像别的海鸥一样做。他真的努力了，在码头和渔船周围与群鸥一起尖叫、盘旋，争抢小鱼小虾或面包渣。可是，他做不下去。

太没意思了！他一边想着，一边故意把一条辛苦得来的凤尾鱼抛给在后面追逐的饥饿的老海鸥。我本可以利用这些时间学习飞翔。要学的东西还有那么多！

不久，海鸥乔纳森又独自飞到遥远的大海上，虽然饥饿，却快乐地练习飞翔。

第一个课题是速度。经过一个星期的练习，他学会了好多关于速度的事，连飞得最快的海鸥也不比他懂得多了。

在凌空一千英尺处，他奋力拍打翅膀，猛地一个翻身，笔直地朝波涛俯冲下去。由此他领悟到为什么海鸥无法全力笔直地飞入海中。在短短的六秒内，他的时速已达到七十英里，在这样的速度下，翅膀一往上扇，就会摇晃起来，难以保持稳定。

一次又一次，结果依然如此。尽管他小心翼翼，全力以赴，但还是在高速飞翔时失去了控制。

他飞上一千英尺的高度，先用尽全力向前直飞，然后翻身，鼓动翅膀，垂直俯冲。可是，每次要向上振翅时，左翼都会动弹不得。他猛地向左翻，让右翼停下来恢复平衡，接着，翅膀又像燃烧的火一样扑扇，狂野地向右旋转。

做这个向上振翅的动作，他极其小心，整整尝试了十次，而每次，只要达到时速七十英里，他的羽毛就会猛然搅成一团，全身失去控制，跌入海中。

他弄得浑身是水，但终于抓到了窍门，就是在高速飞翔时，翅膀应该保持静止，也就是说，先振翅飞到五十英里的时速，然后保持双翼不动。

他又飞到两千英尺的高空尝试，翻身俯冲，尖喙笔直向下，双翅尽力张开，在时速五十英里时稳住不动。这样做相当费力，却见效了。在十秒钟内，他的时速突破了九十英里。

乔纳森创下了海鸥飞翔时速的世界纪录!

然而，成功是短暂的。当他开始平飞，在改变双翼角度的那一瞬间，他再度陷入可怕的灾难般的失控中，在时速九十英里时失去控制，犹如被炸弹击中。海鸥乔纳森在空中猛地停下，羽毛炸开，坠入硬如石板的海中。

他苏醒过来时，已经入夜了。漂浮在洒满月光的海面上，他的翅膀如同粗糙的铅块。但是，肩上失败的压力更加沉重。他虚弱无力，暗自希望这重量能够温柔地将他沉入水底，一切就此了结。

当他沉入水中，一个奇异而空洞的声音从内心发出：没有办法，我是一只海鸥，天生就受到限制。如果我生来就要学那么多飞翔的知识，脑中应该有关于飞翔的技巧图。如果我生来就能高速飞翔，应该长一对猎鹰的短翼，不靠鱼类，而靠捕食鼠类为生。爸爸是对的。我必须忘掉这些愚蠢的想法，回到鸥群中，回到家里，做一只安分守己、能力有限的可怜海鸥。

这声音渐渐消失，乔纳森被说服了。对海鸥来说，夜晚的栖息地是海岸。从这一刻起，他发誓要做一只普普通通的海鸥。这样大家都会开心一点。

疲倦的他挣脱漆黑的海面，向陆地飞去，庆幸自己学会了怎样省力地低空飞翔。

可是，不行！他想起来，我不再是过去的我了，以前所学的一切到此为止了。既然要同别的海鸥一样，就要像他们那样飞。于是，他吃力地飞到一百英尺的高度，使劲地拍着翅膀，勉力向岸边飞去。

决定做一只平凡的海鸥，他感觉好受多了。现在再也没有驱策他学习的压力，再也不必承受挑战的压力或体验失败的滋味。只需要停止思考，穿越黑暗，飞向海滩上的灯火，真不错。

黑暗！那空洞的声音又发出警告。海鸥从不在黑暗中飞行！

乔纳森没怎么注意这个声音。夜色多美啊，他想，月光和灯火在水面上跃动闪烁，给夜幕投下荧荧亮光，一切是如此祥和宁静……

停下来！海鸥从不在黑暗中飞行！如果你生来能在黑暗中飞，就该长一双猫头鹰的眼睛！就该有满脑子的飞翔技巧图！就该生着一副猎鹰的短翼！

就在黑夜里，在一百英尺的空中，海鸥乔纳森·利文斯顿眨着眼睛。他的痛苦，他的决心，全都消散了。

短翼！猎鹰的短翼！

这就是答案！我以前多傻！我需要的只是短小的翅膀，把羽翼尽量收起来，只用翼梢飞行！短翼！

在漆黑的海上，他飞到两千英尺的高空，无暇顾虑失败或死亡，使翅膀前部紧贴身体，只剩锋利如短刃的翼梢在风中张开，然后垂直俯冲。

风像怪兽般在他头顶嘶吼。时速七十英里、九十英里、一百二十英里，继续加速——现在时速一百四十英里了，翅膀反而不像七十英里时那般吃力，轻轻扭动翼梢，他就可以摆脱俯冲，掠过波涛，宛如在月光下飞行的灰色炮弹。

他闭上双眼，逆风而行，身心畅快。时速一百四十英里！依旧控制自如！如果从五千英尺而不是两千英尺的高处向下俯冲，真想知道会有多快……

刚才的誓言被疾风扫得一干二净。虽然毁弃了自己的诺言，但他一点也不内疚。那种誓言只有甘心平庸的海鸥才会信守。一只在学习中追求卓越的海鸥，不需要那种誓约。

日出时分，海鸥乔纳森又在练习了。从五千英尺的高空俯瞰，渔船在平静湛蓝的海上也不过是星星点点，群鸥则像一团淡色的尘埃在盘旋。

他精神百倍，因为喜悦而微微颤抖，为自己能克服恐惧而感到骄傲。然后，他不经意地收拢翅膀前部，伸出短短的菱形的翼梢，向海面直冲而下。飞过四千英尺的高空时，他达到了极速。风变成一面坚硬的音墙挡住他，让他无法加速。现在他笔直下坠，时速有二百一十四英里。他忍受着，知道如果这时不能收紧双翼，就会被风削成无数碎片。不过也就在这一刻，速度是力量，是快乐，也是纯粹的美！

他在一千英尺的高度开始平直飞行，翼梢在狂风中发出呼呼的响声。渔船和鸥群仿佛倾斜着，快如流星般冲进他的航道。

他无法停下来，也不知道在那种速度下怎么改变方向。

一有冲撞，必死无疑。

他紧闭双眼。

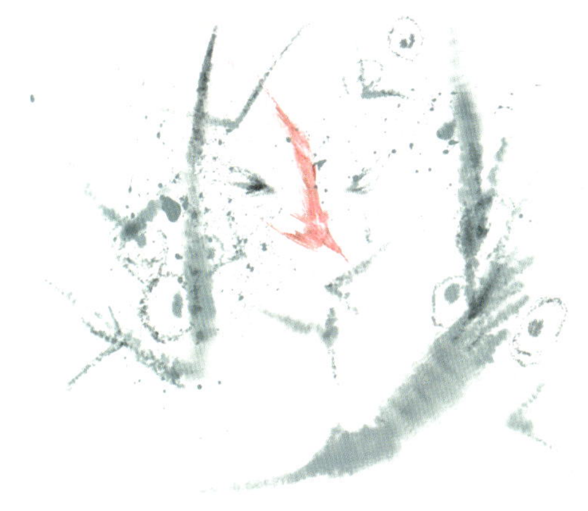

就在那天清晨，太阳刚刚升起，海鸥乔纳森·利文斯顿双眼紧闭，在风和羽毛的尖啸声中，以二百一十四英里的时速径直冲过鸥群。这一次，海鸥的幸运之神对他露出了微笑——没有任何伤亡。

他向上伸直尖喙飞向天空时，时速仍然达到一百六十英里。等速度减到二十英里，他终于伸展双翼。四千英尺之下的海面上，渔船看起来像面包渣一样。

他成功了！终极速度！海鸥竟然能以二百一十四英里的时速飞翔！这是一个突破，鸥群历史上一个最伟大的时刻，同时，一个新纪元在海鸥乔纳森面前展开。他飞回自己孤独的训练场，合起双翼，从八千英尺的高空向下俯冲，他想立刻找到改变方向的技巧。

他发现，只要将翼梢的一根羽毛轻轻移动一点点，就可以在高速飞翔时平滑地转个大弯。然而在领悟这个诀窍前，他体会到，在同样的高速下，如果多移动一根羽毛，他就会像子弹一样团团旋转……乔纳森成了世界上第一只会特技飞翔的海鸥。

那天，他没花时间与其他海鸥聊天，而是在空中一直飞到日落。他摸索出翻筋斗、慢速侧翻、分段侧翻、反身旋转、反身下落和快速旋转等飞翔技巧。

当海鸥乔纳森回到海滩上的鸥群中时，天色已经黑下来。他头晕眼花，筋疲力尽，但仍然愉快地来了一个翻筋斗下落，在最后落地前又做了个快速滚翻。他觉得，大家听说他的突破，也一定会欣喜若狂。现在生活多么有意义呀！除了单调地在渔船间蹒跚来去，生活有了更充分的理由。我们可以改变无知的状态，可以发掘自己与生俱来的优势、才智和技能。我们可以自由自在！可以学会飞翔！

未来的岁月在前面召唤，

散发着希望的光芒。

他着陆时，海鸥们正聚集在一起召开审议大会，而且显然已聚集多时。实际上，大家在等他。

“海鸥乔纳森·利文斯顿，站到中间来！”长老用最庄严的声调发话了。站到集会中间意味着极大的耻辱或是无上的光荣。光荣地站到中间是鸥群选举最高领导人的方式。他知道，今天早晨大家一定看见了那项突破！但是他不要荣誉，也不想当领袖，只想让大家分享他发现的一切，把大家都能达到的新境界展现出来。他开始向前走。

“海鸥乔纳森·利文斯顿，”长老开口说，“因耻辱而站到中间来，站到你的伙伴面前！”

这话犹如当头一棒。他双膝发软，羽毛下垂，耳边嗡嗡直响。因耻辱而站到中间？不可能！我突破了啊！他们不懂！他们错了，他们搞错了！

“……因为他不计后果，不负责任，”严肃的声音继续宣判道，“还冒犯了海鸥家族的尊严与传统……”

因耻辱而站到中间，意味着他将被驱逐出鸥群，流放到远方的断崖过孤独的生活。

“……有一天，海鸥乔纳森·利文斯顿，你会明白不负责任是不行的。生活是未知的，也不可知。我们只知道，我们来到这个世界就是为了糊口，并且想方设法延长寿命。”

从来没有海鸥对审议大会提出质疑，这时乔纳森雄辩的声音却响起来。“不负责任？兄弟们！”他提高嗓门，“还有什么能比探索和追求一种生活意义、一种崇高的生活目标更负责任呢？千百年来，我们总是在争抢鱼头，但是现在我们有了更好的生活理由——去学习、去发现、去寻求自由！给我一个机会，让我展示给你们看……”

海鸥们仿佛都变成了石头。

“咱们已经恩断义绝了！”海鸥们异口同声说罢，全都捂上耳朵，转过头去，将他抛弃。

接下来的日子里，海鸥乔纳森孤独地度日，飞越了远方的断崖。但让他感到悲哀的不是孤独，而是其他海鸥不愿相信即将展现在眼前的飞翔的远景——他们拒绝睁开双眼去看。

他每天都有一些进步，学会了流线型高速俯冲，这让他可以潜到海面十英尺以下，找到珍奇鲜美的鱼，而不需要靠渔船和发霉的面包为生。他学会了在空中睡觉，在夜风中确定路线，从日落到日出飞翔上百里。海上起大雾时，他也能自如地飞越雾层，进入耀目的晴空……而此时，其他海鸥只能站在地面上，除了雾雨之外别无所知。他还学会了乘着劲风飞抵远方的内陆，在那里捕食美味的昆虫。

过去他是为了鸥群着想，现在只好独自享受。他学会了飞翔，丝毫不为付出的代价感到后悔。

海鸥乔纳森发现，无聊、害怕和愤怒是海鸥生命如此短暂的原因。从脑中抛开那些想法，他真真切切地过上了既长寿又美好的生活。

他们飞来的时候已是黄昏，乔纳森正独自在他钟爱的天空中平静地滑翔。这两只出现在他旁边的海鸥纯洁如星光，在高高的夜空里泛着柔和而友善的光芒。不过，最可爱的还是他们的飞翔技巧，他们的翼梢始终与乔纳森的保持着一英寸距离。

乔纳森一言不发，决定考验考验他们，还没有哪只海鸥能通过这样的考验。他弯曲双翅，把时速降到一英里，近于停飞。那两只光芒耀眼的海鸥也跟着减缓速度，从容不迫地稳定位置。他们精通慢飞的技巧。

他收起双翅，翻身俯冲，以一百九十英里的时速向下飞去。他们也以完美的队形和他一起疾落。

最后，他直接保持着那个速度做了一个长长的慢速滚翻。他们也面带微笑跟着他一起滚翻。

他恢复了平飞的姿势，沉默了一段时间，开口说道：“很不错，你们是谁？”

“我们来自同族，乔纳森，是你的兄弟。”这句话说得平静而有力，“我们来带你飞往更高的境界，带你回家。”

“我没有家，也没有同族，我只是一个流浪者。现在咱们正飞在大山风的风口上。再飞高几百英尺，我这副身板就飞不上去了。”

“乔纳森，你当然能飞得更高，你已经学会了。你已从一所学校毕业，是新学校开学的时候了。”

如同生命中曾经有过的领悟，在这一刻，海鸥乔纳森也豁然明了。他们是对的，他是可以飞得更高，是该回家的时候了。

最后，他对着苍穹投下深长的一瞥，视线掠过银色的大地，在那里，他曾经学会了那么多。

“准备启程。”他终于说道。

海鸥乔纳森·利文斯顿与那两只亮如星光的海鸥一起展翅腾飞，消失在深深的夜空里。

第二章

那么，这就是天堂了！他不禁对自己微笑起来，飞上来的一刹那就对天堂评头品足，恐怕有点不太恭敬。

现在，他与两只亮丽的海鸥结伴同行，飞离地球，升入云霄，他看到自己的身体像他们一样光洁炫目。的确，他还是那只年轻的海鸥乔纳森，还有那双金色的明眸，然而，他的外形已经大不相同了。

虽然还是海鸥的身体，但飞得却比原来好多了。嘀！我现在用一半的力气，就可以使速度加倍，表现也比从前的最佳状态好一倍！

现在，他的羽毛泛着皎洁的光辉，双翅平滑完美，如同打磨光亮的银片。他开始愉快地学习如何使用新翼，如何对这双新翼施力。

在时速二百五十英里时，他觉得几乎达到了水平飞翔的最大速度；在时速二百七十三英里时，他感到那就是自己的飞翔极限了，心中不免隐隐失望。新的身体能做的依然有限，尽管已经比原来水平飞翔的纪录快了许多，但冲破极限还是要付出很多努力。他原以为，天堂里是没有任何极限的。

冲破云层，同行的海鸥叫道："乔纳森，欢迎你！"然后消失在稀薄的空气中。

他飞过一片海域，朝蜿蜒的海岸线飞去。寥寥数只海鸥在断崖的上升气流中翱翔。遥远的北边，海天之际，还有几只海鸥依稀可见。新的景象、新的思绪、新的疑惑。海鸥怎么会这么少？天堂里应该海鸥成群呀。为什么我一下子觉得这么累？天堂里海鸥应该不眠不休，永不疲惫。

他在哪儿听过这些话？在地球上生活的记忆已渐渐淡去。他曾在那里学过许多本领，但细节越来越模糊——只隐约记得争抢食物和被流放的事情。

海岸线上，十几只海鸥前来迎接他，尽管没有言语，他仍然能感受到由衷的接纳，终于找到归宿了。这一天对他来说十分重要。这一天的太阳何时升起，他已经不记得了。

他准备在海滩上降落，拍打着翅膀在离地寸许的地方稍作停留，然后翩然落在沙上。其他海鸥也着陆了，但并没有拍打翅膀。他们迎风张开亮丽的羽翼，而后稍稍改变羽毛的弧度，脚一触地，就立刻稳住了，控制得非常漂亮。

可是乔纳森实在太累了，无力再尝试。他站在海滩上，默不作声，不知不觉进入了梦乡。

随后的几天里，乔纳森发现在这个地方要学的飞翔技能，和他在以前的生活里要学的同样多。不过，有一点不一样——这里的海鸥和他心灵相通。对他们来说，生活中最重要的事就是执着于自己的最爱，并使它日臻完美，而他们最爱的就是飞翔。他们都是优秀的海鸥，日复一日地练习飞翔，试验更先进的飞翔技术。

好长一段时间，乔纳森淡忘了他原来生活的那个世界，在那个地方，群鸥无视飞翔的快乐，只将双翼作为寻找和争抢食物的工具。然而在某个瞬间，往昔仍会在他心头浮现。

一天早晨，和老师练完一节收翼快速滚翻，在海滩上休息，他又想起了往事。“沙利文，大伙儿都在哪儿？”他无言地发问，现在他习惯心灵感应这种轻松的交流方式了，这里的海鸥不用叽叽啾啾尖叫。“为什么这儿的海鸥不多？我的家乡有……”

“……成千上万只海鸥，我知道。”沙利文说着摇摇头，“乔纳森，我知道的唯一的答案是，你是一只万里挑一的海鸥。我们多数都是经过漫长的时间才来到这里，从一个世界进入另一个世界，忘记了我们从何处来，也不在乎要往何处去，只活在当下。你想过吗？我们要经历多少轮回才能领悟，生命中除了吃饭、打架和争权，还有更重要的事情？”

“要经历千世万世，乔！然后再过一百世，我们才知道有完美这件事。又过了一百世，我们才懂得生活的目标在于追求完美，并示之于众。当然现在，我们依旧秉持这个理念：通过这一世的所学，我们可以选择下一世的境界。如果在这一世什么都没学到，来世只会遭遇同样的极限和铅锤般的重担。”

沙利文迎着风，伸展双翅，接着说："不过，乔，你一下子就学到了那么多，不需要经历百折千回就能达到这个境界。"

不久，他们再次升空练习。分段侧翻的动作难度很大，因为翻到一半时，乔纳森就得整个儿颠倒，让翅膀的弧度反过来，和老师的动作配合协调。

"咱们再试一次。"沙利文反反复复地说道，"再来一次。"最后，他终于说："不错。"然后，他们开始练习外翻筋斗。

一天傍晚，没有在夜晚飞翔的海鸥们聚在沙滩上，显得心事重重。乔纳森鼓起所有的勇气，走到海鸥长老面前。据说他不久就要到另一个世界去了。

“吉昂……”他有些紧张地说。

长老吉昂慈爱地看着他。“什么事，孩子？”岁月非但没有磨蚀这位长老的精力，反而使他更加神采奕奕。他比任何一只海鸥飞得都快，而且其他海鸥还在练习的飞翔技巧，他早已熟悉。

“吉昂，这个世界根本不是天堂，对吗？”

月光下，吉昂微笑着说：“你又在学习了，乔纳森。”

“那么，离开这里之后会怎样？我们要到哪里去？到底有没有像天堂一样的地方？”

“没有。乔纳森，没有这样的地方。天堂不是一个地点，也不是一段时间。天堂是一种完美的状态。”

他沉默了片刻，又开口道："你是个飞翔的好手，对吧？""我……我喜欢速度。"乔纳森说，虽然有些吃惊，但得到长老的注意还是令他骄傲。

"乔纳森，当你接近完美的速度的时候，就会感受到天堂。完美速度并不是时速一千英里、一百万英里，甚或与光速一样。任何数字都是一种局限，而完美是无止境的。孩子，完美的速度就是达到那种境界。"

话音刚落，吉昂已消失不见，倏然出现在五十英尺外的水边，一切都发生在一瞬间。然后在千分之一秒内，他又与乔纳森并肩而立。"这是一种乐趣。"

乔纳森为之着迷，忘了天堂的话题。“你是怎么做到的？感觉如何？你一下子能飞多远？”

“无论什么时候，你都可以随心所欲，想去哪里就去哪里。”吉昂说，“我已经去过我想去的任何地方了。”他的目光掠过海面。“说来奇怪，无视完美而只爱旅行的海鸥往往飞得特别慢，最后哪儿都去不成；而追求完美无意于旅行的海鸥，却能在瞬间去往任何地方。记住，乔纳森，天堂不是地点，也不是时间，因为时空都没有意义。天堂是……”

“你能教我那样飞吗？”海鸥乔纳森想攻克另一项未知，用有些颤抖的声音说。

“当然，只要你愿意学。”

“我愿意。什么时候开始？”

“如果你愿意，我们现在就开始。”

“我要学着像您那样飞，”乔纳森说道，眼睛里放出一道奇异的光芒，“请教给我。”

长老吉昂更加仔细地打量这只年轻的海鸥，和风细雨地讲道：“想飞多快就飞多快，要去哪里就去哪里，首要的是你必须知道自己已经抵达那里了……”

在长老看来，这秘诀就是，乔纳森不要再认为自己局限于一具有四十二英寸宽翼幅的身体，也不要再以为自己的飞翔无法超出既定航线。关键是懂得自身的天赋像未被写下的数字一样完美，这可以让你在转瞬之间超越时空。

乔纳森谨记在心，日复一日，从黎明到午夜刻苦练习。尽管如此，却始终不能有新的突破。

“忘掉信念！”长老再三嘱咐，“以前你飞翔时不需要信念，只需要理解。这次也是一样。来，再试一下……”

不久后的一天，乔纳森站在岸边，闭目凝神。突然灵光一闪，他顿悟了长老吉昂话中的关键。“啊，真的！我是一只完美的、不受限制的海鸥！”一股强烈的激情袭遍全身。

“太好了！”吉昂的话里也饱含胜利的喜悦。

乔纳森睁开双眼。此刻的他已经和吉昂站在完全陌生的海岸上——绿树成荫，树枝轻拂水面，两轮金黄的太阳在头顶照耀。

“你终于悟到了，”吉昂说道，“不过，你的控制力还要多加磨炼……”

乔纳森惊奇地问：“我们这是在哪儿？”吉昂完全没有在意周遭奇特的景象，也没有正面回答这个问题。“显然是在某个星球上吧，这里有碧绿的天空和两个太阳。”

乔纳森振奋地欢呼，喊出他离开地球以来的第一声：“成功了！”

“噢，当然会成功，乔。”吉昂说，“只要你清楚自己在做什么，任何事都会成功。现在要注意的是你的自控力……”

他们返回的时候，天已经黑了。其他的海鸥都睁大金色的眼睛，对乔纳森肃然起敬，因为他们亲眼看到他在伫立良久的地方突然消失。

他们的道贺，乔纳森每一句都羞于接受。“我是新来的，才刚刚起步，应该向你们多学习。”

“我可不这么想，乔，”站在近前的沙利文说，“一万年来，我从未见过像你这样拥有如此强大的学习勇气的海鸥，没有任何海鸥能与你相比。”鸥群一片沉默，乔纳森有点局促不安。

“如果你愿意，我们可以开始研究时间了。”长老说道，“等你能在过去和未来之间穿行，就可以开始学习最难，也是最有力、最有趣的内容。然后你就会准备好高飞，去了解慈悲与爱的真义。”

一个月过去了，或者说感觉像过了一个月，乔纳森进步神速。过去，在平凡的经历中，他就学得很快，现在，作为吉昂亲自教导的弟子，他像一台长满羽毛的流线型计算机般吸纳着崭新的东西。

吉昂长老隐去的日子终于来临了。他平静地对海鸥们讲着话，告诫大家学无止境，必须不断练习，更要锲而不舍地去领悟生活中暗藏的宝贵真理。他说着说着，羽毛变得越来越耀眼，最后亮得让其他海鸥无法直视。

“乔纳森，继续努力，学会去爱。”这是他最后一句话。海鸥们再睁开双眼时，长老已经离开了。

日子一天一天过去，乔纳森发现自己时常想起故乡——曾经生活过的地球。如果他在那里懂得现在的十分之一，甚至百分之一，那时的生活就有意义多了。他站在沙滩上，思绪起伏。地球上会不会有一只海鸥正在挣扎着冲破自我的限制，发现飞翔的意义远远不是仅仅从渔船上觅得一点面包屑？或许那里正有一只海鸥，因为在鸥群面前说出真理而被流放。

乔纳森越是信守慈善的真谛，越是了解爱的本质，就越渴望回到地球。尽管他的过去充满孤寂，但乔纳森却是位天生的导师，他奉献爱的独特方式，就是把自己所领悟的真理，传授给另一只向往真理的海鸥。

沙利文现在擅长以思维的速度飞翔，也在帮助其他海鸥学习，却对乔纳森的想法有些不解。

“乔，你一度被流放。你想，那些放逐你的海鸥有谁会听你的呢？俗话说得好，飞得最高的海鸥看得最远。在你的故乡，海鸥们只会站在地上，唧唧啾啾，彼此争抢。他们距离天堂何止千里——而你竟想让他们望见天堂！乔，他们连自己的翅膀都看不清！留在这儿吧，帮助新来的海鸥，他们起点高，能领会你的境界。”沉默了一下，他又接着说，“如果当初吉昂也回到他的故乡，今天的你会如何呢？”

最后一点很有说服力，沙利文是对的。飞得最高的海鸥看得最远。

乔纳森留了下来，帮助初来这里的海鸥，他们悟性很高，学得也很快。

但是，那个念头一直萦绕在心间，他无法不去想，地球上总有一两只海鸥也愿意学习。如果在他刚被流放的那一天，长老吉昂就来到身边，他学会的东西肯定更多！

“沙利文，我必须回去。”终于有一天，他开口说，“你的学生都做得很好，他们可以帮你教新来的海鸥。”

沙利文叹了口气，但是没再争辩，只是说：“我会想你的，乔纳森。”

“沙利，别傻了！”乔纳森嗔怪道，“别忘了，我们每天努力学的是什么！如果我们的友谊依赖时空之类的东西来维系，那么，当我们最终征服了时空，不是就毁掉了手足情谊?！但实际上，征服了空间，我们就拥有了‘此地’；征服了时间，我们就拥有了‘此时’。在此地与此时之间，你不觉得，我们还有机会再见一两次面吗？”

沙利文禁不住哈哈大笑。“你这疯狂的家伙，”他温和地说，“要说有谁能向地上的凡夫俗子展示千里之外的世界，那一定是海鸥乔纳森·利文斯顿。”他看了看沙滩，接着说：“再见，乔，我的朋友。”

“再见，沙利。后会有期。”说完这句话，乔纳森脑海里浮现出另一时空中聚集在海边的鸥群，他知道凭着练就的功夫，自己已不再是一堆羽毛和骨头，而是一套自由与翱翔的完美理念，不受任何限制。

福来奇·林德是一只年轻的海鸥，但他已经觉得，没有哪只海鸥曾像他这样，遭受过群鸥既严厉又不公正的对待。

“我不在乎他们说什么。”他忿忿不平地想，朝远方的断崖飞去时，泪水模糊了双眼，“飞翔怎能只是拍拍翅膀，从一个地方扑扇到另一个地方？蚊子才那样做！我只不过是在长老身边随便做了个滚翻，只是闹着玩儿，就被流放了！他们都瞎了吗？都看不明白吗——我们真正学会飞翔，将会带来多大的荣耀？”

“我不在意他们怎么想。我会让他们瞧瞧什么才是飞翔！既然他们一定要放逐我，我倒乐得逍遥。我会让他们后悔的……”

一个声音出现在他的脑海中，尽管十分轻柔，却还是吓得他在空中趺趺撞撞。

“不要责怪他们，海鸥福来奇。驱逐你，其实只会伤害他们自己，总有一天，他们会懂的，会和你有相同的眼界。原谅他们，帮他们去理解这一切吧。”

在他右翼一英寸之外的地方，奇迹般地飞来一只世界上最灿烂的白色海鸥，轻松自在地滑翔着，不必牵动一根羽毛，就几乎达到了福来奇最快的速度。

这只年轻的海鸥心中一阵糊涂。

“怎么回事？我疯了吗，还是死了？这是什么？”

那低沉而冷静的声音继续在他的脑海里回响："海鸥福来奇·林德，你想不想飞？"

"想，我想飞！"

"海鸥福来奇·林德，你想飞的欲望是否足够强烈，使你能够原谅那些海鸥，并在学成之后回到他们中间，帮助他们了解这一切？"

无论海鸥福来奇有多倔强，无论他受到过多大的伤害，在这样卓越的飞翔家面前，都容不得他撒谎。

"我愿意。"他轻声应道。

"那么，福来奇，"那只耀眼的海鸥用和蔼的声音对他说，"咱们开始水平飞翔吧……"

第三章

乔纳森缓缓盘旋在远方的断崖上，观察着。这只莽莽撞撞的年轻海鸥福来奇可以说是一流的飞行员。他是如此强壮，在空中却又如此轻灵敏捷，更重要的是，他对学习有着强烈的渴望。

此刻，他俯冲过来，如同一个朦胧的灰影呼啸而过，时速高达一百五十英里，风驰电掣般掠过老师身边，又突然升高，开始另一种尝试——十六段垂直慢速侧翻，并且大声数着分段的次数。

“……八……九……十……瞧——乔纳森——我——超越了——空气的——速度……十一……我——要像——你——一样——美妙地——停下来……十二……但是——该死！我就是——做不到……十三……最后三次……没有……十四……啊！”

失败让福来奇怒气冲冲，在最高点，他失速的程度更加严重。他倒栽、翻滚，然后剧烈地反身旋转，终于大口喘着粗气，在老师身下一百英尺处恢复了平衡。

“乔纳森，别把时间浪费在我身上了！我太笨！我太没用！怎么试也学不会！”

海鸥乔纳森俯视着他，点点头。“如果在急速升高的时候那么用力，你肯定永远学不会。福来奇，你在开始的时候，每小时已经慢了四十英里！你一定要流畅一点，稳定而流畅！记住了吗？”

他倾身而下，降到年轻海鸥的高度。“现在咱们一起试试，注意那个急升动作。要流畅，放松。”

三个月后，乔纳森又收了另外六个学生，全是流放者，他们都对“为飞翔的乐趣而飞翔”这种新奇的想法大感兴趣。

不过，对他们来说，练习高超的飞翔技巧比理解背后的道理更容易些。

“我们每一位都应该真正具有伟大海鸥的精神，成为无限自由的化身。”乔纳森常常站在黄昏的海滩上这样说，“精确的飞行是展现我们本性的第一步。一切限制我们的东西都要摒除。这就是要练习这些高速、低速飞翔和特技动作的原因……”

他的学生们经过一天的辛苦训练已经很疲惫，听得昏昏欲睡。他们喜欢训练，因为速度又快又刺激，能满足一堂比一堂课更强烈的学习欲望。但是他们每一个，包括福来奇·林德，都不相信凭着思想飞翔和迎风展翅飞翔一样真实。

“你的整个身体，从一侧的翼梢到另一侧，”有时候，乔纳森会说，“其实就是你的思想本身，它在以有形的方式展现。冲破思想的枷锁，也就等于冲破身体的枷锁……”然而，不管他怎么苦口婆心，在学生们听来都觉得像好玩的故事，恨不得他多讲一些，好让他们快点入睡。

刚过了一个月，乔纳森宣布，是该回到鸥群中间的时候了。

“我们还没准备好呢。”海鸥亨利·凯尔文说，“我们不会受欢迎的！我们是流放者！不该硬要回到不受欢迎的地方去，不是吗？”

“我们是自由的，可以去任何想去的地方，成为任何想成为的样子。”乔纳森说罢，振翅飞离沙滩，转向东方，飞向海鸥们的故乡。

他的学生们一时苦恼起来，鸥群的法律规定，流放者永远不能返回，一万年来没有一次破例。法律不准回去，乔纳森却要坚持。现在他已经在海上飞出一英里远了。如果他们再犹豫，乔纳森将要单枪匹马地应对群鸥满腔的敌意。

“好吧，既然我们已不再属于鸥群，就不需要遵守那里的法律了，是吧？”福来奇像自言自语似的说，“再说，真要打架的话，咱们在那儿还能派上用场。”

于是，那天早晨，他们一行八只海鸥，排成两颗钻石般的队形，翼梢相抵，自西而飞。他们以一百三十五英里的时速飞过群鸥审议大会上空，乔纳森带队，福来奇平稳地随行于右侧，亨利·凯尔文奋力护在左翼。然后，整个队形慢慢向右翻，好似一只自如的鸟儿，他们平飞，反转，再平飞，任凭疾风强劲地刮过。

这支队伍犹如一把巨形的刀，戛然止住鸥群的嘈杂和喧闹，地面上的八千只眼睛一眨不眨地注视着他们。八只海鸥一只接一只，干脆利落地向上翻一个完整的筋斗，绕一大圈回来，以超低速在沙滩上垂直降落。而后，就像家常便饭一样，海鸥乔纳森开始对这次飞行进行讲评。

“首先，”他无奈地笑笑，“你们集合的动作有点慢……”

群鸥如遭电击。这是那些流放者！他们居然回来了！这……这不可能！福来奇预想的冲突在群鸥的迷惑中变得无影无踪。

“是的，没错，是那些流放者，”一些小海鸥说，“可是，喂，他们从哪儿学来的那些飞翔本领呢？”

长老的口谕花了近一个小时才传遍鸥群：别理他们！谁跟流放者说话，就将立即被放逐；谁佩服流放者，就是触犯了鸥群的法律。

从那一刻起，群鸥就开始背对着乔纳森，只留给他一个个灰色的背影，但是，他似乎不以为意。他径自在召开审议大会的海滩上教授训练课程，并且第一次强迫学生们向能力的极限挑战。

“海鸥马丁！”他的吼声划过长空，“你说你会低速飞翔。用事实来证明吧。飞呀！”

一向不爱吭声的小海鸥马丁·威廉被老师的火气吓了一跳。他果然变成了低速飞翔的好手，连自己都感到惊奇。在轻柔的微风中，他不用拍打翅膀，只要微弯羽毛，就能从沙滩升入云霄，再飞落回来。

同样，海鸥查尔斯·罗兰德乘着大山风升到了两万四千英尺的高空，回来的时候被稀薄的冷空气冻得发僵，但他又惊又喜，决心明天再飞高一些。

海鸥福来奇热爱特技的程度非比寻常。他终于攻克难关，顺利完成了十六段垂直慢速侧翻。第二天，他完成整套动作时还做了个三连横翻筋斗。他的羽毛把白晃晃的阳光反射在沙滩上，那里有几双眼睛在偷看。

乔纳森每时每刻都在学生们身边，时而示范，时而建议，时而指导，时而鼓励。为了飞翔的乐趣，他陪着他们飞过黑夜、云雾和暴风雨，而这时，其他海鸥却可怜地蜷缩在地上挤成一团。

飞行告一段落之后，学生们在沙滩上休息，并用心聆听乔纳森的教导。他有一些疯狂的想法，他们无法理解，但也有些好的观念他们能够领悟。

渐渐地，到了晚上，学生的圈子之外又多了一圈——更多好奇的海鸥在黑暗中连续听几个小时，他们谁都不想碰见对方，因此在黎明前悄悄离去。

在他们回来一个月之后，终于有第一只海鸥越过界线，要求学习飞翔。这样一来，海鸥特伦斯·罗维尔就成了一只有罪的鸟儿，被贴上流放者的标签。同时，他成了乔纳森的第八名学生。

第二天晚上，海鸥克尔·梅纳德也从鸥群中走出来，他踉踉跄跄走过沙滩，拖曳着左翼，瘫在乔纳森的脚边。“帮帮我，”他微弱地说，就像临终前的遗言，“这世界上我最想要的就是飞翔……”

“那么来吧，”乔纳森答道，“跟我一起飞起来，马上开始。”

“你不知道。瞧我的翅膀，动弹不了。”

“海鸥梅纳德，你可以成为你自己。你有塑造真我的自由，就在此时此地，什么也阻挡不了你。这是伟大海鸥的法律，是真正的法律。”

“你是说，我可以飞？”

“我是说，你是自由的。”

就是这么简单、这么快，海鸥克尔·梅纳德展开双翼，毫不费力地飞上了漆黑的夜空。他在五百英尺的高处竭尽全力地大叫：“我能飞啦！听呀！我能飞啦！”睡梦中的群鸥都被他的叫声惊醒。

日出时，近千只海鸥站在学生的圈子外，好奇地看着梅纳德。他们不在乎会被别的海鸥看见，只是聚精会神地听着，设法了解海鸥乔纳森的话语。

他只是讲了一些简单易懂的道理：海鸥天生就应该飞翔，自由是生命的本质，凡是妨碍自由的习俗、迷信和限制都应该摒弃。

“摒弃？”海鸥中间传来一个声音，“即使是鸥群的法律？”

“法律的真义便是倡导自由，”乔纳森解释道，“除此之外，别无其他。”

“你怎么能指望我们和你飞得一样？”另一个声音问，“你与众不同，得天独厚，犹如神明，你凌驾于所有海鸥之上。”

“看看他们！福来奇！罗维尔！查尔斯·罗兰德！朱迪·里！难道他们也都天赋异禀吗？他们和你们一样，和我一样。唯一的区别是，他们已经开始了解真正的自我，而且开始实践了。”

除了福来奇，他的学生都不自在地扭过头。他们还没有意识到这就是自己正在做的事情。

聚拢而来的海鸥一天比一天多，有的提出疑问，有的慕名崇拜，也有的轻视嘲讽。

“鸥群里传言，如果你不是伟大海鸥的亲生子，那么你就超越这个时代一千年。”一天早晨，在高阶速度训练后，福来奇告诉乔纳森。

乔纳森叹了口气，他想，这就是被误解的代价，他们不是称你为魔鬼，就是尊你为神。“你怎么看，福来奇？我们真的超越这个时代了吗？”

沉默良久，福来奇说：“嗯，这类飞翔早已存在，谁肯探索，谁就能掌握，与时代无关。也许，我们是树立了新风尚，走在了大多数海鸥的前面。”

“说得好，”乔纳森说着，侧翻过来，反身滑翔了一会儿，“这比超越时代的说法好多了。”

事情发生在一星期后。当时，福来奇正向一班新生示范高速飞翔的基本技巧。他刚从七千英尺的高空展翼俯冲下来，之后拉平身子，在海滩上方几英寸处燃起一条长长的灰色火焰。就在这时，一只第一次飞翔的小海鸥闯入了他的航线，口中呼唤着妈妈。在千钧一发之际，为了避开这只小鸟，海鸥福来奇·林德迅速闪到左边，以二百多英里的时速一头撞上了坚硬的花岗岩峭壁。

然而，对他来说，这岩石就像通往另一个世界的坚硬巨门。恐惧、震惊和晕眩一股脑儿袭来。他飘进一片奇异古怪的天空，时而清醒，时而昏厥。他害怕、悲伤，无法形容地难过。

他又一次听到那个声音，就像第一次遇见海鸥乔纳森·利文斯顿时听到的一样：“福来奇，关键是要循序渐进地克服自身的局限。要有耐心，我们在稍后的课程中才能学会穿石飞行。”

“乔纳森！”

“人们叫我伟大海鸥之子。”老师淡淡地说。

“你在这儿干吗？这峭壁中！我……我没有……死？”

“哦，福来奇，别胡说了。想想看，你正在和我说话，很明显你没死，对吧？你刚才莽撞地改变了自己的意识层次。现在，抉择的时候到了。你可以留在这里，学习这种程度的飞行，或者回去继续教导海鸥们。顺便说一句，这里的层次要高得多——长老们正暗暗希望我们出些事，不过，他们可没想到你这么快就让他们如愿了。”

“我当然想回到鸥群中，我和那些新生才刚刚开始打交道！”

“很好，福来奇，记不记得我们说过，身体就是思想本身……”

在峭壁下，福来奇摇摇头，伸展翅膀，睁开双眼，他正被海鸥们围在中间。他刚一动，鸥群中就发出喧哗和骚动的声音。

“他还活着！刚才死了，现在又活过来了！”

“用翅膀尖碰碰他！让他醒过来！他是伟大海鸥之子！”

“不，他不承认！他是魔鬼！魔鬼！是来破坏鸥群的！”

聚集在一起的四千只海鸥被发生的一切吓坏了。“魔鬼”的叫声此起彼落，像海上的一阵风暴。他们目露凶光，抬起尖喙，攻击的阵势一触即发。

“我们离开，你看好不好，福来奇？”乔纳森问道。

“我当然不反对，如果我们……”

刹那之间，他们已经并肩站在半英里以外。暴怒的海鸥们张开尖喙，却扑了空。

“为什么？”乔纳森困惑不解，“为什么世界上最难的事是让一只海鸥相信他是自由的？只要花一点点时间尝试，他就能证明给自己看。为什么就这么难呢？”

福来奇还在为情景的突然转变而惊奇。“你刚才做了什么？我们是怎么到这儿来的？”

“你刚才不是说，想离开那帮发怒的家伙吗？”

“是呀，但是你怎么……”

“像其他事一样，福来奇，只要练习。”

第二天早晨，群鸥已经忘记了他们的疯狂，但是福来奇没有忘。“乔纳森，还记不记得很久以前你说过，因为爱，所以要回到鸥群中，帮助他们学习？”

“当然记得。”

“我不明白，你怎么能做到爱一群想要杀死你的恶鸟？”

“哦，福来奇，当然不是那样。你当然不会去爱仇恨或是邪恶。你必须学着去了解真正的海鸥，看到他们各自良善的本性，并且帮助他们发掘自身的优点。这才是我所说的爱。当你领悟个中窍门，自然就会乐在其中。”

“比如说，我记得有一只脾气暴躁的年轻海鸥，名字叫福来奇·林德。他刚被放逐时，一心准备与群鸥决一死战，所以在远方的断崖构筑自己痛苦的地狱。然而今天,他却在这里为自己建造了一座天堂,并且带领整群海鸥飞向同一个目标。”

福来奇转向老师，眼睛里流露出一丝惶恐。“我带领？你说‘我带领’是什么意思？你是这里的老师。你不能离开！”

“我不能吗？你不觉得还有别的鸥群，别的福来奇吗？他们比这里更需要一个老师，这里的海鸥毕竟已经飞在光明的坦途上。”

“我？乔纳森，我只是一只平凡的海鸥，而你是……”

“……唯一的伟大海鸥之子，是吗？”乔纳森叹了口气，远远地望着大海，“你不再需要我了。你只需要继续探索自我，每天进步一点，去找到那个真正的、具有无限潜能的海鸥福来奇。他才是你的老师，你需要了解他，学习他。”

过了一会儿，乔纳森的身体在空中摇曳起来，闪着微光，开始变得透明。

“别让他们散布关于我的愚蠢谣言，或者把我奉为神灵。好吗，福来奇？我是一只海鸥，我喜欢飞翔，也许……”

“乔纳森！”

“可怜的福来奇，不要只相信你眼睛看到的东西。它们显示的极其有限。用你的悟性去看，理解你已经知道的东西，然后，你会发现飞翔的真理。”

微光不见了。海鸥乔纳森消失在茫茫苍穹中。

过了一会儿，海鸥福来奇打起精神腾空飞起，面对一群全新的学生，他们正热切地迎接第一堂课。

“首先，”他语重心长地讲，“你们必须明白，海鸥应该拥有无限自由的理想，是伟大的化身。你们的整个身体，从翅膀的一端到另一端，都是你们的思想。”

小海鸥们疑惑地看着他。嘿，伙计，他们心想，这听起来不太像翻筋斗的原理。

福来奇叹了口气，重新开口说：“嗯，啊……很好。”他带着挑剔的眼光看着他们，“咱们开始水平飞翔吧。”说到这儿，他忽然大彻大悟：他的朋友的确不比自己更非凡。

我们真的拥有无限的自由吗，乔纳森？他想着。

好吧，那么不久，我也会出现在那缥缈的高空中，到达你所在的海滩上，向你演示一两样飞翔特技！

尽管海鸥福来奇尽量在学生面前表现得严肃一点，但他突然看到了这群海鸥的真正面貌，刹那间，他发觉自己不止是喜欢，而且是深深地爱着他们。

真的拥有无限的自由吗，乔纳森？他不觉笑了起来。

他的人生赛程已经展开。

第四章

海鸥乔纳森离开海滩已经好多年了。现在，那里生活着一群地球上最奇怪的海鸥。许多海鸥刚开始领悟乔纳森说过的话。他们上下翻飞、翻着筋斗，这种练习场景几乎与老海鸥们的生存方式一样常见——他们仍旧对那些荣耀的飞行熟视无睹，重复着单调的直线，平直地飞向渔船，只为获得一些湿面包渣。

福来奇·林德和乔纳森的其他学生在漫长的教学过程中，向海岸线上的每一群海鸥传授着关于自由和飞行的信条。

那段日子里发生了很多大事。福来奇的一代代学生都享受着精确飞行带来的前所未有的快乐。有的海鸥在练习特技动作时超越了福来奇，有的甚至比乔纳森做得还好。一只极为积极的海鸥的学习进程达到了最高的层次，如同乔纳森做到的一样，他脱离了有限的地球表面，飞向了更为高远的地方。

那真是一段金子般绚烂的日子。成群的海鸥亲昵地靠在福来奇身上，只为抚摸这只被乔纳森亲自指导过的海鸥，在他们的心中，这是一件如此神圣的事。尽管福来奇不断地告诉他们，乔纳森也只是一只平凡的海鸥，他所学的一切都已经教给他们了，但他们仍旧日夜跟着福来奇，想听到乔纳森说过的只言片语，或是学到他精确的姿势，不肯放过任何细节。他们越来越执着于细节，这让福来奇十分不安。他们感兴趣的曾经是乔纳森的飞行思想、他的训练技巧、完美的速度以及在空中自由翱翔时的荣耀。如今，他们似乎从这项艰苦工作中解放了出来，沉醉于乔纳森的传奇之中，仅仅把他当成了偶像。

“福来奇大鸥，”他们问道，“伟大的乔纳森曾经说的那句名言是‘我们其实是伟大的化身’还是‘我们的确是伟大的化身’？”

“请叫我福来奇吧，我只是普通的海鸥。”他回答道，惊异于他们居然用这样的称呼来标榜自己，“他具体用哪个词有什么重要的呢？两个词是一个意思，都表达了‘我们是伟大的化身’这个道理……”但是他知道，海鸥们对这个回答很不满意，他们认为这只是在逃避问题。

“大鸥福来奇，当神圣的大鸥乔纳森准备飞翔时，他是向前迈出一步，还是两步？”没等他提出这个问题的荒谬之处，另一个问题又接踵而至。“大鸥福来奇，伟大的大鸥乔纳森的眼睛是灰色的还是金色的？”提问者是一只灰色眼睛的海鸥，他急切地想知道这个问题的答案。

"我不知道！忽略这无聊的关于眼睛颜色的问题吧！他的眼睛是……紫色的！这有什么重要的？他想告诉我们的，只是我们能像他那样飞翔，所以，我们不应该一醒来就站在这里，讨论什么眼睛的颜色了。现在，请大家集中注意力，我来给大家示范快速旋转……"

海鸥们发现快速旋转的难度太高了，便纷纷飞回了家，还一边沉思：“伟大的乔纳森拥有紫色的眼睛——和我的不一样，和我见过的所有海鸥都不一样。”

一年又一年过去，课程的性质逐渐改变了，开始是在飞行中歌颂乔纳森，之后是飞行练习前后对他的悄声谈论，最后变成了站在沙滩上日复一日地背诵乔纳森的种种事迹。最终，飞行练习已不复存在。

福来奇和乔纳森的其他学生对这种变化时而困惑，时而恼怒，时而坚定地力求改变，但又无能为力。他们被给予了更多的荣誉，却越来越不受尊敬，失去了话语权。练习飞行的海鸥变得越来越少。

这批学生一个接一个地去世，只留下冰冷的尸体。鸥群抬起尸体，为他们举行了盛大的悼念仪式，海鸥们的泪水洒满了大地，令人动容。他们将这些海鸥埋在巨大的卵石坑里，每一块卵石都是悲痛的鸟儿长久地哀悼之后安放的。这个石冢变成了一处圣地。对于任何一只想与万物合一的海鸥来说，在这里放一块卵石并念上一段悼词都是必要的仪式。

谁也不知道万物合一究竟是什么意思，它如此深奥，任何海鸥都不会问及这个问题，没有谁想当傻瓜。为什么呢？因为他们觉得所有海鸥都知道这是什么意思，放在大鸥马丁坟墓上的卵石越漂亮，就越有机会到达这个境界。

最后，福来奇也去世了，事情发生在一次独自飞行中，那是他最纯粹、最美丽的飞行。他的身体消失在一段长长的垂直慢速侧翻中，那是他第一次见到海鸥乔纳森时所做的练习。他消失后，没有卵石做成的坟墓，也没有为了践行万物合一而进行的沉思。他消失在了这次完美的飞行中。

下一周到来时，福来奇没有出现在海滩上。没有留下只言片语，他就这样消失了。鸥群慌乱起来。

他们聚到一起，开始思考发生了什么事。有海鸥说他们看到福来奇和他七位最初的学生站在一块石头上，这块石头今后将被称为“合一石”。之后，云层突然散开，伟大的海鸥乔纳森出现了，他有象征着荣耀的羽毛，佩戴着金色的贝壳，额头上悬挂着一颗珍贵的鹅卵石皇冠，象征着天空、海洋、风和大地。他召唤着“合一石”上的海鸥，这时，福来奇奇迹般地升了起来，周身围绕着圣洁的光芒，在海鸥们合唱的圣歌中，云层渐渐合上。

为了纪念福来奇，“合一石”上的卵石越来越多，成了这个地球海岸线上卵石数量最多的石堆。许多地方都建起了“合一石”的复制品，每周二的下午，海鸥们都围绕在卵石堆旁，倾听海鸥乔纳森和他那些神圣学生的传说。没有一只海鸥进行过必要的飞行之外的练习，此外，他们还衍生出了一种奇怪的习惯。更富裕的鸟儿会在飞行时用喙衔着树枝作为一种身份的象征。树枝越大越重，他们便会得到越多的鸟群的注意，也越会被认为是前卫的飞行者。

渐渐地，有些海鸥开始意识到，那些执着地衔着树枝的鸟儿，因为树枝的重量和拖拽产生的阻力，成了鸥群中阻碍飞行的存在。

光滑的鹅卵石成了乔纳森过往的教学的象征，渐渐地却被老旧的硬石头取代了。对为激发飞翔的乐趣而教导飞行的海鸥来说，这无疑是最坏的象征，但是没有人注意到这些，毕竟现在的鸥群中，已经没有谁是举足轻重的了。

星期二的例行飞行取消了，变成了一群无精打采的海鸥的聚会，内容是一些程式化的朗诵。仅仅几年后，这些朗诵就成了如同花岗岩一般死板的经文。“神圣的乔纳森大鸥深切地同情比沙中的跳蚤还卑下的生灵……”一遍又一遍，这样的内容会在每周二持续好几个小时。那些“正经学生”把快速地朗诵视为杰出的象征，根本没有海鸥能听清其中的字句。一些傲慢的鸟儿窃窃私语：即使能从中依稀分辨出几个词，但从整体上来说，这些话没有任何意义。

乔纳森的形象出现在砂石上，他那犹如紫贝壳般的哀伤的眼睛，突然出现在海岸线所有的石堆上，比任何一块代表其形象的石头都更加沉重。

不到两百年的时间，乔纳森的飞行思想就被短短的几行经文代替了，那句话是：神圣的主啊，没能超越平庸思想的海鸥，将比沙中的跳蚤还要卑下。

随着时间的推移，围绕着海鸥乔纳森的仪式越来越荒谬，越来越狂热。有想法的海鸥们将课程转移到了天上，甚至不想出现在能看到石堆的地方。那些为了仪式和迷信建石堆的海鸥宁愿在修建失败后找各种理由，也不愿认真工作，更不愿感念他的伟大。矛盾的是，有思想的海鸥们根本不愿听到“飞翔”“石堆”“伟大的海鸥”“乔纳森”这些词，却正表明他们是自乔纳森以来最清醒、最诚实的鸟儿。只要一听到乔纳森的名字，或是听到那些所谓的“正经学生”的陈词滥调，这些明智的鸟儿便会马上锁上心门。

因为好奇，这些海鸥开始尝试“飞翔”，尽管之前他们从未用过这个词。“这不是‘飞翔’，”他们一遍又一遍地强调，“只是一种寻找真理的方式而已。”所以，尽管他们拒绝承认自己是乔纳森的学生，却成了他真正的学生；他们拒绝盲目崇拜海鸥乔纳森，无形中却按照乔纳森的方法进行着练习。

这不是一场喧嚣的革命，没有呐喊，也没有挥动旗帜。但是像安东尼这样羽翼未丰的小海鸥，却开始提出一些问题。

他向一个“正经学生”提问道：“你看，他们每周二都会来这儿听你讲课，无非出于三个原因——或是认为可以学到什么，或是他们觉得在石堆上多放一块石头会让他们变得神圣，或是因为别的海鸥期待他们能来，你觉得呢？”

“难道你什么都没学到吗，小家伙？”

“不。我知道这里肯定有什么是值得我学习的，但我不知道那是什么。一百万颗卵石不会让我变神圣，可能我不配得到它。而且我也不在乎别的海鸥是怎么看待我的。”

“那你的答案呢，小家伙？”他知道以前也有这样的异端邪说出现过，“你认为什么是生命的伟大奇迹？以伟大的海鸥乔纳森之名，他说飞翔……”

“生命中没有奇迹，长官，只有无尽的无聊。你说的伟大的海鸥乔纳森只是很久以前编造出来的神话，弱者才会相信神话，因为他们无法面对这个真实的世界！你居然说一只海鸥可以达到二百英里每小时的飞行速度！我试过了，我能达到的最快速度就是五十英里每小时，即使这样，我都要失去控制了。有些飞行规律是不可能打破的，如果你不这么想，那就去展示给我看！说实话，你真的相信——此时此刻，扪心自问——你伟大的海鸥乔纳森会达到二百英里每小时的飞行速度？”

“我相信他比这个速度还要快，”长官对乔纳森的信仰十分盲目，“而且他教授给了很多海鸥这个技巧。”

“去你的神话吧，长官。除非亲眼所见，我是不会相信你说的话的。”

在说出这些话的瞬间，海鸥安东尼便领悟了获得答案的关键。他现在还没有答案，但是他知道自己十分乐意跟在能证明这个事实的海鸥后面，并且心怀感激。他期待有谁能解答生命中的一些疑惑，并将美好和光荣带入每天的生活。在找到这只海鸥之前，或许生命会一如既往地晦暗、凄凉、没有章法、毫无目标。每一只平凡的海鸥都只是血和羽毛的偶然结合，注定会被遗忘。

海鸥安东尼决定走自己的路，有越来越多的海鸥和安东尼的想法一样，拒绝接受纪念海鸥乔纳森的任何仪式。他们为人生的无意义感到悲伤，但是至少能诚实地面对自己，接受人生并没有意义的事实。

一天下午，安东尼在海上拍打着翅膀，思考着这没有目标的人生，没有目标意味着没有意义，那最恰当的生存方式可能就是潜入海中淹死。与其像一棵海草一样生活，不如选择消失在这个世界上，毕竟这样的生活既没有欢愉也没有意义。

万物存在即合理。这是纯粹的逻辑，海鸥安东尼的一生都力求诚实，讲究逻辑。他觉得，既然终有一死，那么就没有刻意延长这平淡无聊的生活的理由了。

于是他从两千英尺高的地方坠落，达到了五十五英里每小时的速度。这最终的决定生出了奇异的兴奋感。他终于找到了合理的答案。

他逐渐下坠，海平面倾斜了，在他面前渐渐放大。在这自杀式坠落的途中，他突然听到了一声震耳欲聋的呼啸声，一只鸟快速飞过他的右侧，好似一道闪电……那一瞬间，安东尼感觉自己就像静止地站在沙滩上，而旁边急速飞过一只鸟儿似的。这只鸟有白色的条纹，在天空中划过时犹如一颗模糊的流星。安东尼震惊了，弯曲着翅膀试图减速，他看着眼前的景象，感到十分无助。

这道模糊的闪电在海面上减了速，平滑地越过海平面上涌起的波涛。接着，他猛地飞上天，喙笔直朝上，无所畏惧，然后在天空中转了一个圈。这是一个长长的垂直慢速侧翻，在空气中形成了一个不可能形成的完整的圆圈。

安东尼愣住了，呆呆地望着眼前的景象，忘记了自己身处何方。“我发誓，”他大声说道，“我发誓我看到了一只海鸥！”他立即调头追赶这只鸟，显然，这只鸟并没有注意到安东尼。“嘿！”他用最大的声音呼喊着，“嘿！等一下我！”

这只海鸥立即扇动着一只翅膀猛冲过来，速度惊人，一瞬间，这道光芒冲向了他。安东尼此时正水平飞行，他拼命垂直向上飞，却仍旧倾斜着，很快停在了空中，犹如滑雪者停在下坡路的尽头。

“嘿！”安东尼已经上气不接下气了，“你在……你在干什么？”这是一个很傻的问题，但是他不知道该问些什么。

“如果我吓到你了，那么很抱歉。”这只陌生海鸥的声音清晰而友好，让安东尼如沐春风，“我一直在观察你。刚才只是在玩耍……我不是想攻击你。”

“不，不，我不是想问这个。”安东尼仿佛第一次体验到活着的感觉，觉得备受鼓舞，“你刚刚展现的是什么？”

“噢，那是一些有趣的飞行技巧。一个俯冲、一个直升和一次缓慢的慢速侧翻。这只是出于兴趣。如果你真的想把它们做好，需要一些练习，但做起来确实很漂亮，你认为呢？”

“它们、它们……很漂亮，确实很漂亮！但是你从来没有出现在鸥群中。你究竟是谁？”

“你可以叫我‘乔’。”

后记

尽管最后一章看起来像是一个令人惊异的故事，但其实不是这样。

这些奇思妙想是如何出现在头脑中的？对自己的作品充满热爱的作家总是对这些魔法般的瞬间保持一定的神秘感，不作解释。

想象力是一种古老的灵魂。人们在灵魂中低语，轻声谈论着一个光明的世界，以及这充满欢愉、悲伤、绝望、胜利的世界中的各种事物。当故事结束时，会在语言之外留下异常美丽的余韵。作家们通过变换意象来匹配自己看到的图景，从头到尾地回忆那些对话。仅仅在其中插入词语、逗号和句号，这个故事就应运而生，走向市场了。

故事不是从各种委员会和语法中产生的，它来自于触及我们沉默不语的想象力的神秘事物。有些问题或许已经困扰我们许多年，但突然之间，答案就如同离弦之箭一般出现了。

对我来说就是这样。当我写完第四章时，我就知道，海鸥乔纳森的故事完成了。

我曾经反复阅读这第四章，不愿意相信它的真实性。跟随乔纳森的海鸥们真的会用仪式扼杀那些飞翔的灵魂吗?

第四章肯定了这个答案，尽管连我都不愿意相信。我曾经觉得前三章便是一个完整的故事了，不需要第四章：那些绝望的天空，让欢乐窒息的话语，它们没必要出现在书中。

所以，我为什么不毁了它呢?

我不知道。我只是将它暂时搁置。可能这最后一章有某种魔力，能在我不相信它的时候仍对自己保有信心。冥冥之中，它在提醒着那些我拒绝接受的东西：统治者的力量和仪式会慢慢地、慢慢地扼杀我们选择生活的自由。

时光飞逝，半个世纪以后，好像所有的一切都被遗忘了。

不久之前，萨布里纳发现了这个故事，它已经泛黄褪色，被压在一堆无用的商业文件下面。

“你还记得这个吗？”

“记得什么？”我问道，又说，“不，我不记得了。”

我象征性地读了几段。“噢，记起来了，好像是……这好像是……”

“读一下吧。”一抹微笑在她脸上荡漾开来，看来这份古旧的手稿感动了她。

有些字句已经模糊不清。尽管我意识到这是来自过去的我的回声，是我曾经的意识，但这不是我的写作，是他的，是那个过去的孩子写下的故事，

阅读完这份手稿，我意识到他正在给我警醒，并且满怀着希望。

“我知道我写的是什么。”他说，“在你生活的二十一世纪，到处充满了权威和仪式，它们束缚着各种自由。难道你还没有看到吗？它只是想让你的世界维持安稳，却并不自由。”他再也不是仅仅生活在这

个故事里了。“我的岁月已经逝去，而你的还没有。”

我思考着他的话和这最后一章讲述的故事。我们这些“海鸥”会看到这个世界终结自由吗？

第四章终于出现在了它应该出现的地方，有些人或许会拒绝它。它写在对未来一无所知的时候。而现在，我们正身处未来。

理查德·巴赫

二〇一三年春

图书在版编目（CIP）数据

海鸥乔纳森 /（美）理查德·巴赫著；夏杪译；何贵清绘图．—北京：北京十月文艺出版社，2019.1（2025.8 重印）
书名原文：Jonathan Livingston Seagull
ISBN 978-7-5302-1878-5

Ⅰ．①海… Ⅱ．①理…②夏…③何… Ⅲ．①长篇小说—美国—现代 Ⅳ．①I712.45

中国版本图书馆 CIP 数据核字（2018）第 225966 号

海鸥乔纳森
HAIOU QIAONASEN
[美] 理查德·巴赫 著
夏杪 译
何贵清 图

出　　版　北京出版集团公司
　　　　　北京十月文艺出版社
地　　址　北京北三环中路 6 号
邮　　编　100120
网　　址　www.bph.com.cn
发　　行　新经典发行有限公司
　　　　　电话（010）68423599
经　　销　新华书店
印　　刷　北京盛通印刷股份有限公司
版　　次　2019 年 1 月第 1 版
印　　次　2025 年 8 月第 27 次印刷
开　　本　850 毫米 ×1168 毫米　1/32
印　　张　4.5
字　　数　45 千字
书　　号　ISBN 978-7-5302-1878-5
定　　价　39.00 元
质量监督电话　010-58572393
如有印装质量问题，由本社负责调换。

著作权合同登记号　图字：01－2018－5667